연애놀이

LOVE GAMES

글·그림 정유미

그녀는 바닥에서 무엇인가를 발견했다.

모난 돌 하나가 있었다.

그녀는 돌을 집어 올렸다.

그녀는 고개를 들었다.

그는 그녀를 바라보았다.

그녀는 돌을 단단히 움켜 쥐었다.

LOVE GAMES

연애놀이

그녀는 고개를 숙였다.

바닥에 선을 긋기 시작했다.

그의 눈은 그녀의 구두를 쫓았다.

그녀의 발걸음을 따라서 선이 그려졌다.

그녀는 사각형을 완성했다.

그녀는 구두를 벗고 사각형 안으로 들어갔다.

가방을 내려놓고 바닥에 앉았다.

그는 그녀의 맞은편에 앉았다.

둘은 서로를 바라보았다.

TEA PARTY

소꿉놀이

그녀는 핸드백을 무릎에 올렸다.

핸드백 속에서 찻잔을 꺼냈다.

그녀는 또 하나의 찻잔과 주전자를 꺼냈다.

바닥의 흙을 모아 주전자에 담았다.

찻잔에 모래를 부었다.

그녀는 모래를 담은 찻잔을 그에게 건넸다.

그는 모래가 담겨있는 잔을 물끄러미 바라보았다.

그녀는 찻잔을 입가로 가져갔다.

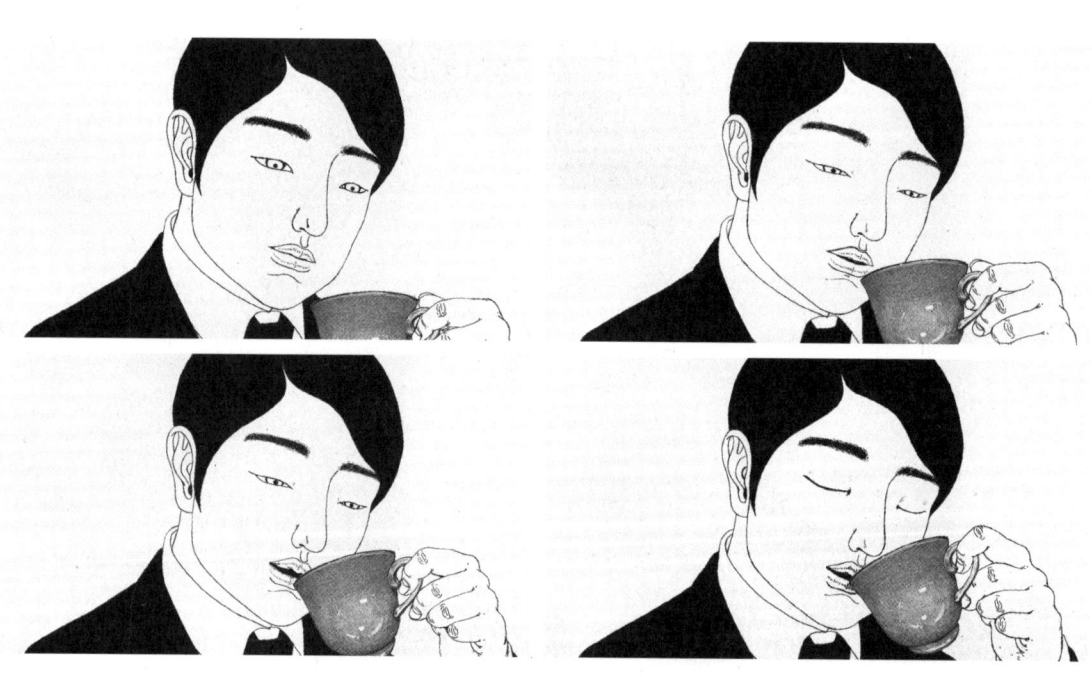

그는 그녀처럼 잔을 입으로 가져갔다.

그는 슬며시 찻잔을 아래로 기울였다.

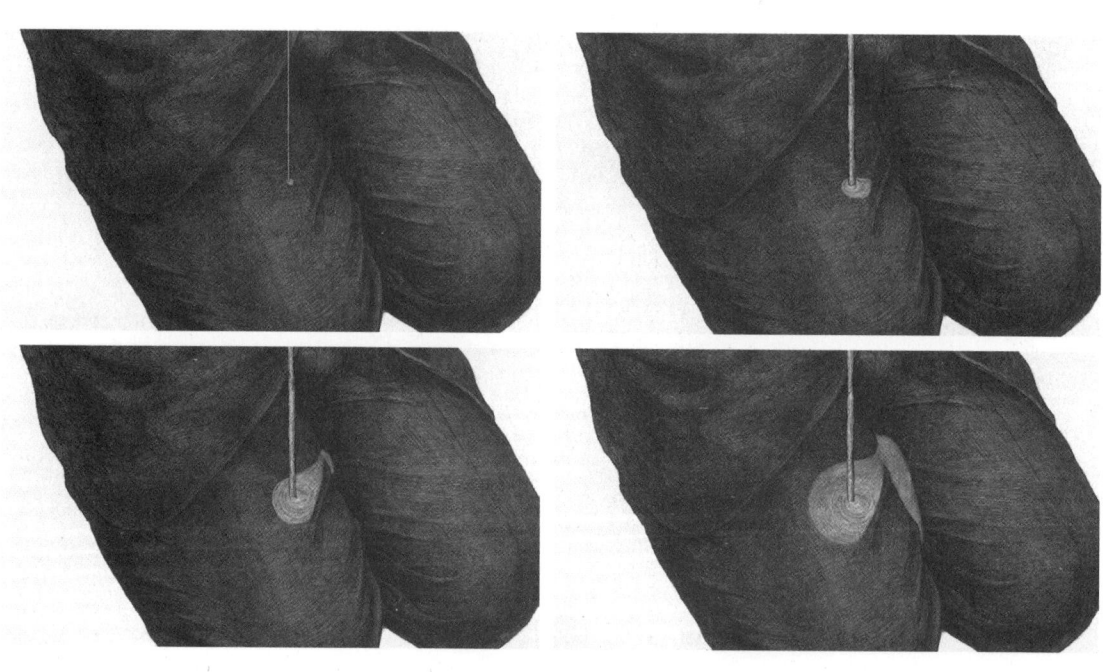

찻잔 속의 모래가 그의 무릎 위로 가늘게 흘러 내렸다.

한 움큼의 모래가 무릎 위에 고였다.

그녀는 핸드백에서 접시, 포크, 돌, 그리고 나뭇잎을 꺼냈다.

그녀는 그에게 접시를 건넸다.

접시에는 돌과 나뭇잎이 케이크처럼 놓여 있었다.

그는 돌을 집어 들었다.

그는 돌을 입으로 가져갔다.

돌은 바닥에 '툭'하고 떨어졌다.

그는 입을 오물오물 움직였다.

ORIGAMI

종이접기

그는 안주머니에서 종이 한 장을 꺼냈다.

종이를 반으로 접었다.

다시 반으로 접었다.

또 다시 반으로 접고, 모서리를 펼쳐서 사각형으로 만들었다.

접었던 종이를 펴자 꽃이 되었다.

그는 꽃을 그녀에게 건넸다.

그녀는 종이꽃을 귓가에 꽂고 거울을 들여다 보았다.

그녀는 미소를 지으며 그를 바라보았다.

그는 그녀를 바라보지 않았다.

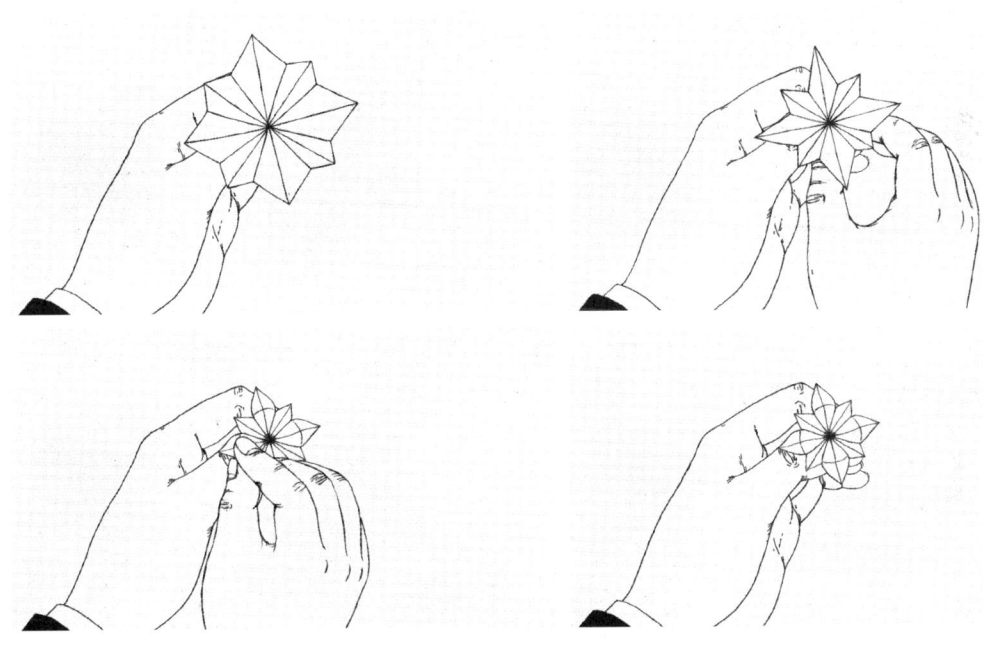

그는 또 다른 모양의 종이꽃을 만들고 있었다.

접은 꽃들을 바닥에 내려놓았다.

그녀는 꽃 하나를 더 귓가에 꽂았다.

그는 여전히 종이접기에 몰두하고 있었다.

어느덧 바닥엔 갖가지 종이꽃들이 놓여있었다.

그녀는 종이꽃들을 내려다 보았다.

그녀가 꽃을 가져가는 중에도 그는 종이접기에 집중했다.

그녀의 머리엔 종이꽃이
가득했다.

FINGERS

손가락 맞추기

그는 그녀의 뒷모습을 바라보았다.

그는 그녀의 머리카락을 걷고, 새끼손가락으로 목 뒷덜미를 살포시 눌렀다.

그녀가 돌아보자 그는 손을 펼쳤다.

그녀는 가운데 손가락을 선택했다.

그러자 그는 새끼손가락이었음을 알려주었다.

그가 손가락으로 그녀의 이마를 '딱' 하고 때렸다.

그녀는 고개를 돌렸다.

그는 이번엔 둘째 손가락으로 꾸욱 눌렀다.

다시 그는 손을 펼쳤다.

그녀는 엄지 손가락을 선택했다.

그는 두 번째 손가락을 보여주었다.

그는 또 한번 딱밤을 때렸다.

그는 다시 둘째 손가락으로 그녀의 목을 꾸욱하고 눌렀다.

그는 손가락을 펼쳐 보였다.

그녀는 둘째 손가락을 집었다.

그는 그녀의 선택이 맞았음을 알려주었다.

그는 얼굴을 찡그리고 눈을 꼬옥 감았다.

그녀의 손이 이마 앞까지 다가왔다가 다시 멀어졌다.

그는 놀라며 눈을 떴다.

EAT THE BISCUIT

과자먹기

그녀는 핸드백 안으로 손을 넣었다.

과자, 실타래, 그리고 작은 방울을 바닥에 내려놓았다.

그녀는 과자와 방울을 실에 걸었다.

그녀가 실로 묶은 과자를 그에게 건넸다.

그녀의 눈높이로 천천히 과자가 내려왔다.

그녀는 눈가리개를 썼다.

그들의 입술에 과자가 닿았다.

과자는 얼굴을 스쳐갔다.

그녀가 과자를 볼에 얹어서 끌어오자 그도 방울 소리를 따라 다가왔다.

그는 방울소리를 따라서 사라졌다.

바삭바삭
과자 씹는 소리가 들렸다.

그녀는 눈가리개를 벗었다.

그가 과자를 맛있게
먹고 있는 모습이 보였다.

HIDE AND SEEK

숨바꼭질

그녀는 눈가리개를 벗고 그의 앞에 앉아 있다.

그녀는 살금살금 일어나 조심조심 뒤로 걸어가 사각형 선 바로 앞에 섰다.

그녀가 휘익하고 소리를 내자 그는 소리가 난 방향으로 고개를 돌렸다.

그는 소리 나는 방향으로 더듬더듬 걸어갔다.

그녀는 그를 피해 반대쪽으로 살금살금 걸어갔다.

그녀는 다시 휘익 소리를 냈다.

그는 소리 나는 쪽으로 걸어갔다.

그녀의 손이 닿자 그는 깜짝 놀라 돌아보았다.

그는 손을 허공에 허우적거리며 그녀를 찾았다.

그녀는 조용히 그의 뒤로 다시 다가갔다.

그녀는 그의 귓가에 휙 하고 바람을 불었다.

그는 황급히 손을 뻗었다.

그녀는 그의 손을 뿌리치고 반대쪽으로 걸음을 옮겼다.

그녀가 고개를 돌리자 그는 바닥에 주저 앉아 있었다.

그녀는 다시 휙 하고 소리를 냈다.

그는 천천히 일어났다.

그리고 그녀의 반대쪽으로 걸어갔다.

그녀는 선을 넘으려는 그에게로 달려갔다.

그리고 그의 손을 잡았다.

TRIP-ME-UP

손목 잡고 당기기

그와 그녀는 마주보고 서 있다.

둘은 서로의 손을 꼭 잡았다.

손을 잡고 당기기 시작했다.

그가 세게 당기자 그녀는 균형을 잃었다.

그들은 다시 자세를 잡았다.

둘은 힘껏 서로를 밀고 당겼다.

이번에도 그녀는 균형을 잃고 발을 움직였다.

또 다시 그녀는 자리로 돌아와 그의 손을 잡았다.

그녀는 양손으로 그의 손을 감싸 쥐었다.

그녀는 있는 힘을 다해 그를 잡아 당겼다.

DOCTORS AND NURSES

병원놀이

그녀는 등을 돌리고 바닥에 누웠다.

등 뒤에서 그가 다가오는 소리가 들렸다.

그는 그녀 곁에 앉아 그녀를 바라보았다.

그녀는 눈물을 흘리고 있었다.

그는 손수건을 꺼내 눈물을 닦아 주었다.

그는 안주머니에서
상자 하나를 꺼냈다.

상자 속엔 구급용품이 들어 있었다.

그는 청진기를 꺼내 귀에 꽂았다.

그녀의 어깨에 손을 얹었다.

그녀는 몸을 일으켜 앉았다.

그녀는 두 손으로 얼굴을 가렸다.

그는 청진기로 그녀의 등을 찬찬히 눌러 보았다.

그는 약봉지 속 작은 사탕을 그녀의 손바닥에 부어 주었다.

그녀는 사탕을 입에 털어 넣었다.

사탕이 녹아 사라졌을 때에도 그녀의 기분은 나아지지 않았다.

그녀는 다시 얼굴을 가렸다.

그는 어떻게 해야 할지 곰곰이 생각했다.

그는 주사기를 꺼냈다.

그녀는 소매를 걷었다.

그녀의 팔에 주사를 놓자 물이 주루룩 흘러 내렸다.

주사 놓은 자리에 반창고를 붙여 주었다.

그녀는 이번에도 고개를 돌려 버렸다.

그는 다시 청진기로 그녀를 짚어 나갔다.

그는 상자에서 붕대를 집었다.

붕대로 그녀의 머리를 감았다.

붕대의 매듭을 지었다.

그녀는 무너지듯이 바닥에 엎드렸다.

그는 그녀의 눈물을 닦아 주려고 손을 내밀었지만, 그녀는 그의 손을 세게 밀어 냈다.

그는 손수건을 바라보았다.

PLAYING DEAD

시체 놀이

그녀는 슬며시 고개를 들었다. 멀찌감치 그는 손수건을 덮고 누워 있었다.

그녀는 조심스레 다가가 그의 옆에 앉았다.

수건을 걷자 눈을 감고 있는
그의 얼굴이 보였다.

그녀는 그의 볼을 찰싹찰싹 때리고

얼굴을 주욱 늘려 보았지만, 그는 눈을 뜨지 않았다.

그의 눈꺼풀을 억지로 열어 보았지만 손을 떼면 눈은 다시 감기고 말았다.

그녀는 가지런히 모으고 있는 그의 손을 잡아 당겼다.

그를 힘껏 당겨서 몸을 일으켰다.

그녀는 그의 팔을 자신의 어깨에 걸어 그를 일으켜 세웠다.

조심스럽게 그의 몸에서 손을 뗐다.

그 순간 그의 몸은 주저앉았다.

그녀는 급히 그의 몸을 붙잡았다.

한동안 그를 안고 있었다.

그녀는 그의 몸에서 조심스럽게 손을 뗐다. 그는 가만히 서 있었다.

그의 볼에 그녀의 손이 닿는 순간, 그는 무너지듯 아래로 사라졌다.

그녀는 그의 팔을 다시 한번 자신의 어깨에 올렸다.

그녀는 그의 손을 잡고서 생각에 잠겼다.

그녀는 꼭 잡았던 그의 손을 놓았다.

왈칵 눈물이 쏟아지기 시작했다.

그녀는 혼자서 울었다.

한참이 지나서야 그녀는 눈물을 그쳤다.

얼굴을 감싸고 있던 붕대를 풀었다.

그녀는 결심한 듯 자리에서 일어났다.

그녀는 그를 넘고 걸어가 가방을 멨다.

그녀는 구두를 신었다.

낡은 구두 한 켤레가 놓여 있었다.

그의 웅크린 모습이 그녀의 눈에 들어왔다.

그는 자신의 구두를 신었다.

그녀에게 손을 내밀었다.

손을 펴자 꽃 한 송이가 놓여 있었다.

그는 그녀의 귓가에 꽃을 꽂아 주었다.

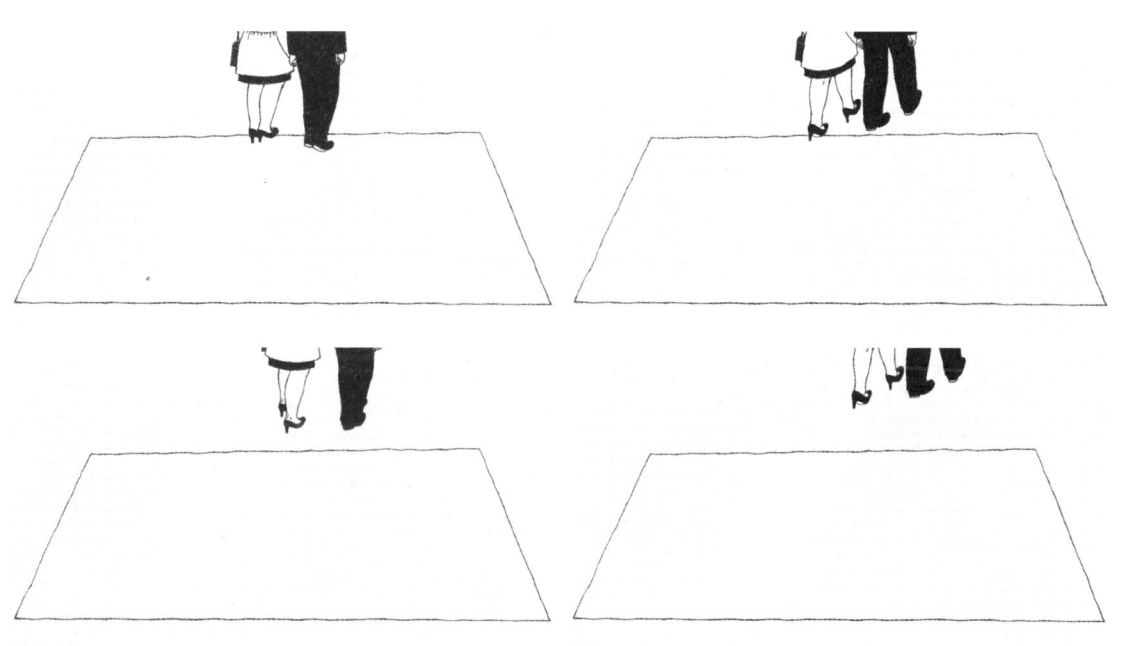

둘은 손을 잡고 나란히 걷기 시작했다.

THE END

정유미

www.joungyumi.com

ANIMATIONS

나의 작은 인형 상자
My Little Doll's House, 2006

먼지아이 Dust Kid, 2009

수학시험 Math Test, 2010

연애놀이 Love Games, 2013

BOOKS

먼지아이 Dust Kid, 2012

파라노이드 키드
Paranoid Kid, 2012

호랑이와 곶감
Tiger and Persimmon, 2014

나의 작은 인형 상자
My Little Doll's House, 2015

정유미 작가는 볼로냐 국제 아동 도서전에서 〈먼지아이〉와 〈나의 작은 인형상자〉로 2년 연속 라가치상을 수상하고, 자그레브 국제애니메이션 영화제에서 〈연애놀이〉로 그랑프리를 수상하면서 국내 외에서 주목을 받고 있다. 2015년 라가치상 픽션 부문 우수상을 수상한 〈나의 작은 인형 상자〉는 2006년, 단편 애니메이션으로 먼저 제작되어 세계 4대 애니메이션 영화제 중 하나인 히로시마 국제 애니메이션 영화제 경쟁 부문에 공식 초청되었고, 미장센단편영화제 최우수상을 받으며 작품성을 이미 인정 받았다. 2014년 한국출판산업진흥원 우수출판콘텐츠 제작지원작으로 선정되어 그림책으로 완성되었다.

2014년 한국 그림 작가로는 처음으로 라가치상 대상(뉴 호라이즌 부문)을 수상한 〈먼지아이〉는 2009년 단편 애니메이션으로 제작되어 깐느 영화제 감독 주간에서 첫 상영을 가졌고, 그 후 전세계 70여 개 이상의 영화제에서 상영되었다. 스티븐 스필버그가 어드바이저로 있는 뉴욕 햄튼 국제 영화제에서 최우수단편영화상을 받았고, 크로아티아 타보 국제 영화제에서는 그랑프리와 최우수 애니메이션 상을 동시에 수상하는 등 국내외에서 10여 개의 주요 상을 받았다. 〈먼지아이〉는 유럽 공영 예술채널 Arte와 스페인 문화 채널 Televisió de Catalunya를 통해 유럽 7개국에서 방영되었다.

2013년 〈연애놀이〉는 베를린 국제 영화제 단편 경쟁부문에 공식 초청받았고, 그 후 60개 이상이 국내외 영화제에서 초청 상영 되고 있다. 세계 4대 애니메이션 영화제 중 하나인 크로아티아 자그레브 국제 애니메이션 영화제에서 한국 애니메이션으로는 최초로 그랑프리를 수상했으며, 체코에서 열린 World Festival of Animated Film, Varna에서는 장편과 단편 애니메이션 중 단 한편에게 부여되는 대상인 그랑프리를 수상했다. 그 밖에도 Holland Animation Film Festival 단편 애니메이션 부문 그랑프리 수상 등 20여 개 주요 국제상을 휩쓸었으며, 〈연애놀이〉역시 유럽 공영 예술채널 Arte를 통해 유럽 6개국에서 TV 방영되었다.

2010년, 〈수학시험〉은 한국 애니메이션으로는 최초로 베를린 국제 영화제 단편 경쟁부문에 공식 초청받았고, 이후 세계 3대 단편영화제 중 하나인 핀란드 탐페레 국제단편영화제와 미국 아스펜, 스웨덴 웁살라, 스위스 시네마토 등의 국제 영화제에서 상영되었다. 〈수학시험〉은 유럽 예술채널 Arte를 통해 유럽 6개국에서 TV 방영되었다. 이 외에도 정유미 작가의 45일간의 그림일기를 담은 그림책, 〈파라노이드 키드〉는 스페인어로 남미 6개국에 출간되었다. 또한, 중국 메르디앙 출판사를 통해 출간한 한국 전래 동화 〈호랑이와 곶감〉은 중화 권 전역에서 판매되고 있다.

정유미 작품에 관한 고찰

요코타 마사오 (橫田正夫, 니혼대학교수)

마사오 요코타 교수는 애니메이션과 만화에 관한 3권의 책과 66편의 논문을 발표해왔다. 현재 그는 일본 니혼대학에서 심리학 교수로서 애니메이션 연구에 집중하고 있으며, 애니메이션에 관한 강의를 하고 있다.

첫 머리에

정유미 감독의 작품은 여성의 심리 발달을 누구나 이해할 수 있는 형태로 표현하고 있다. 〈나의 작은 인형 상자〉(2006)에서는 가족으로부터의 독립을, 〈먼지아이〉(2009)에서는 혼자 독립해서 생활하며 자신과 마주보기를, 그리고 최신작 〈연애놀이〉(2013)에서는 남녀의 연애를 각각 다루고 있다. 즉, 여성이 가족으로부터 독립하려고 하고, 혼자서 생활하며, 이성과 연애 관계를 갖는 발달 과정이 단계적으로 보여진다. 이 세 작품의 공통점은 모두 방 안에서 일어나는 일이라는 점이다. 다만 〈연애놀이〉에서는 땅에 네모를 그리고 그 네모난 공간 안에서 남녀가 신발을 벗고 들어감으로써 방이라는 공간이 암시된다. 이제 각각의 작품에 관해 살펴보기로 하자.

나의 작은 인형 상자

오랫동안 갖고 놀던 인형은 여성에게 자신의 분신과 다름없는 존재일 것이다. 이 작품에서도 인형이 소녀의 분신으로 등장한다. 더욱이 그 인형의 연기를 통해 가족 관계가 보여지기 때문에, 가족과의 관계가 단순화되며 그러면서도 추상성이 높아지고, 그렇기에 본질적인 요소가 추출되어 누구에게나 들어맞는 보편성이 도출되고 있다. 처음에 소녀는 인형을 가지고 인형의 집에서 나가려는 모습을 연기시킨다. 여학생 세 명이 소녀에게 말을 걸며 뭘 하고 있느냐고 물어보지만, 소녀는 인형 상자를 제 몸 뒤로 숨기면서 "아무 것도 아냐"라고 대답하며 인간관계를 맺기를 피한다. 소녀가 다른 사람과의 관계 맺기에 서투르다는 것을 알 수 있다.

이러한 전제 위에서, 인형이 소녀 자신의 이야기를 연기하기 시작한다. 처음에는 침대 안이다. 곁에 또 다른 자신이 누워 있다. "같이 가지 않을래?" 하고 물어보자, 질문을 받은 또 다른 자신(요컨대 분신. 인형이 소녀의 분신일 뿐 아니라, 인형 역시 분신을 갖고 있는 액자구조가 보이고, 그만큼 지금 시대의 소녀의 마음이 복잡하다는 것을 암시하는 동시에, 이 구조를 읽어내기 위해 독자가 자신의 마음을 더 깊이 투영하게 한다.)은 여기는 아늑하니 나가지 않겠다고 한다. 소녀는 혼자서 침대를 빠져나와 옆 방으로 가기 전에 뒤를 돌아보는데 침대는 비어있다. 옆 방에는 거울 앞에서 화장을 하고 있는 여자가 있다. 이 여자는 소녀의 얼굴에 화장을 해주며, 이렇게 하면 예뻐질 거라고 말한다. 소녀는 여자에게 "같이 가지 않을래?"라고 물어보지만, 여자는 아직 뭔가 부족해 보여서 완벽해지고 나면 가겠다며 거절한다. 이 여자도 소녀의 분신이다. 소녀가 계단을 내려가려다 돌아보니 화장대 앞에는 아무도 없다. 아늑해서 나가기 싫다거나 더 아름다워지고 싶다는 소망은 누구나 자연스럽게 갖는 감정이다. 그러나 그것에 얽매이면 다음 단계로 나아가지 못한다. 그러한 소망을 갖고 있다는 것을 직면화함으로써 마음이 안정될 수도 있을 것이다.

계단을 내려가 부엌으로 가자, 엄마가 간식을 내준다. 엄마에게도 "같이 가지 않을래?"하고 물어보자, 엄마는 자기가 없으면 모든 게 무너져 버릴지도 모른다며 거절한다. 이 엄마도 소녀의 분신이다. 부엌을 나가려다 돌아보니 거기에는 아무도 없다. 거실에 가니 아빠가 소파에 앉아 신문을 읽고 있다. 그리고 그는 집 밖에는 무서운 것들이 도사리고 있다며, 소파 주위에 외부로부터 침입한 무서운 것들이 둘러싸자 몸을 움츠리며 두려움에 꼼짝 못한다. 소녀는 그러는 아빠에게 사탕을 주려고 한다. 그런데 깨닫고 보니 아무도 없다. 아빠 역시 소녀의 분신이었다. 그렇게 이제 현관 앞까지 다다른다.

가족 구성원은 모두 가족 안에서 특정한 위치를 차지하고 있고, 그렇기 때문에 자신이 가족의 핵심이라는 의식을 어딘가에 갖고 있을 것이다. 그런 의식이 심화되면 자신이 없으면 가족이 엉망이 될 것이라고 믿어버린다. 엄마로서의 분신이 하는 말처럼 가족이 무너져 버릴 것이라고 착각하는 경우도 있을 것이다. 아빠는 아이에게 사회의 규칙을 가르치는 역할기능을 하지만, 그렇기 때문에 사회에 대한 공포를 심어주기도 한다. 그것은 오히려 아버지를 사회로부터 격리시키는 상황으로 이어지기도 한다. 이렇게 해서 은둔이 발생한다. 아버지가 말하는 사회로 나가는 것에 대한 공포는 세상으로 나가려는 사람이 갖는 보편적인

공포이다. 이러한 착각이나 공포가 커지면, 둥지를 떠나 사회로 가는 것을 방해하게 된다. 그러나 여기에서는 그러한 착각이나 공포를 소녀가 스스로 마주보고, 특히 공포에 대해서는 사탕을 주는 행동을 통해 스스로 진정시키려고 한다. 자신에게 존재하는 착각이나 공포를 직면하고, 의식화함으로써, 그러한 감정을 진정시켜 나간다.

소녀는 인형에게 연기를 시킴으로써, 또 그 인형이 자신의 분신을 본다는 액자구조를 통해서, 소녀의 심리상태가 잘 투영된다. 뿐만 아니라 현실 장면으로 되돌아 갔을 때, 소녀가 인형을 손에 들고, 관객이었던 여학생 세 명에게 인형의 손을 흔들며 인사한다. 소녀가 여학생들과 교류를 할 수 있게 된 것이며, 동시에 그것은 관객이었던 세 여학생 역시 자신들의 마음을 그 인형의 연기에 투영하고 있었으며 그녀들의 심리상태도 그 인형의 연기를 통해 의식화된 것이라고 생각한다.

인형을 분신으로 사용함으로써, 연기를 시키는 소녀, 그 인형을 보고 있는 세 명의 여학생들, 나아가 일반 관객이 각각 액자를 이루고 있다. 그렇기 때문에 다양한 해석이 허용될 수 있게 되고, 관객에게 소녀의 심리에 대한 더욱 보편적인 이미지를 활성화시키게 된다. 스토리의 핵심은 인형이 자신의 분

신을 만나고 그것을 뒤에 남기고 간다는 것이다. 여기서는 밖에 나가고자 하는 마음에 대해, 그것을 막으려고 하면서 그에 대한 다양한 저항이 발생하는 것을 보여준다. 자기자신은 침대 속의 안락함을 떠오르게 하고, 자신이 아름답지 않음을 떠올리게 한다. 가족은 가족이 붕괴되는 것과 집 밖의 공포를 말한다. 이 모두 집 밖으로 나가려 할 때, 즉 자립하려할 때, 그것을 방해하기 위해 발생하는 힘을 나타내고 있다. 그러한 힘에 대해, 인형이 직면해나가면 그러한 힘은 사라져 버린다. 여기에 인간 정신의 강인함이 있다. 그러한 직면이 가능하고, 방해하려고 하는 힘을 극복할 수 있었을 때, 한 사람의 인간으로서 타자와의 교류가 가능하게 된다. 즉, 인형을 매개로 하기는 했지만, 소녀는 관객인 세 여학생에게 인사를 할 수 있게 되었다. 이러한 단계를 거쳐, 가족으로부터 독립한 모습이 〈먼지아이〉에서 그려지게 된다.

먼지아이

〈먼지아이〉도 〈나의 작은 인형 상자〉와 마찬가지로, 침대에서 나오는 부분에서부터 시작된다.

　　어느 날 밤, 침대에서 잠이 깬 여자는 창문을 열고 아직 날이 밝지 않은 동네 풍경을 바라본다. 개가 짖는 소리와 자동차 사이렌 소리가 들린다. 창문을 닫고 침대 위를 보니,

자신과 같은 모습의 그저 먼지같이 작은 분신이 있는데, 여자의 시선을 피하듯이 시트를 뒤집어쓰고 몸을 감추어 버린다. 이것은 〈나의 작은 인형 상자〉의 인형이 침대 위에서 자신의 분신을 본 것과 닮은꼴이다. 더욱이 작은 분신은 여자의 눈을 피하듯 시트를 뒤집어써 버리므로, 침대 속에 있는 안락함에 침대를 빠져 나오지 못하는 안일함을 추구하는 마음이 암시된다. 여자는 시트를 뭉쳐서 창 밖으로 내밀고 먼지를 창 밖에 털어버린다. 시트를 침대에 다시 깔고 접은 이불을 그 위에 놓는다.

　　먼지의 분신이 타이틀인 〈먼지아이〉이다. 이 제목 그대로 먼지아이를 생각해 보면, 먼지란 것은 자신이 배설하는 것들까지 포함하며, 아이라는 것에서는 미숙하고 부족한 것이라는 이미지도 내포한다. 그러나, 등장하는 것은 먼지의 분신이다. 분신이므로 자신과 완전히 똑같은 모습인데 그저 사이즈가 먼지 크기일 뿐이다. 그렇기 때문에 제목이 나타내고 있는 것 이상으로 다양한 이미지를 여기에 투영할 수가 있다. 다만 먼저 말해 두어야 할 것은 여기에서의 분신도 역시 하나의 해석에 불과하므로 다른 방식으로 생각할 수도 있다는 점이다. 한편 침대 밑에는 책이 쌓여 있고 컵 두 개가 놓여 있다. 침대 위에서 책을 읽고 음료수를 마신 듯한데 치우지 않은 채로 놓여 있다. 여자가 바닥에 걸레질을 하며 다가 와서 침대 밑을 들여다보니, 먼지의 분신이 있

다. 성냥갑에 걸터앉아 있다. 여자는 얼굴을 보려고 자기 쪽으로 돌려놓지만 그 때마다 먼지의 분신은 고개를 돌리고, 결국에는 성냥갑 속으로 들어가서 상자를 닫아 버린다. 여자는 먼지와 쓰레기를 한데 모아 손으로 뭉쳐서 쓰레기통에 버린다. 그 여자의 손에 다 쓴 성냥개비 일부가 보였다.

성냥갑에 앉아 있는 먼지의 분신은 여자가 잠이 깨어 침대에 앉은 모습과 닮은꼴을 이룬다. 고개를 떨구고 남에게 모습을 보이기 싫어서 들여다보려는 시선을 피하더니 결국, 성냥갑 속으로 들어가 버린다. 그것은 그대로 여자의 심리의 투영이기도 하다. 처음에 먼지의 분신이 시트를 뒤집어쓰는 것도 마찬가지다. 컵 두 개, 성냥갑, 성냥개피가 암시하는 것은 거기에 부재하는 사람을 암시하며, 암시되는 행동에 대한 후회(보여지기 싫다, 혹은 떠올리기 싫다는 것)까지도 암시한다. 그러한 것들을 뭉쳐서 버리는 것이므로 감정의 청산이라는 의미가 담겨 있다.

여자는 책과 컵을 안고 화장대 쪽으로 간다. 화장대 밑에 책을 놓고, 화장대 위에 어질러진 화장품을 정리하기 시작한다. 립스틱은 뚜껑이 덮여 있지 않아 드러난 채로 있어 뚜껑을 덮고 화장대 안으로 넣는다. 정리를 계속하다 보니 화장품 뒤에 또 먼지의 분신이 게으르게 드러누워 있는 것이 눈에 들어온다. 먼지의 분신이 여자의 시선을 알아차리고 일어나서 다른 화장품 뒤로 숨는다. 여자가 그것을 치우면 먼지아이는 다른 곳으로 총총거리며 옮겨 다니지만, 마침내 더 이상 숨을 곳이 없어지고 만다. 여자는 이 분신을 다른 쓰레기와 함께 손으로 뭉쳐 쓰레기통 속으로 던져넣는다.

지저분한 화장대는 항상 아름다워야 한다는 강박관념의 이면일 것이다. 〈나의 작은 인형 상자〉에서는 분신에게 완벽하게 아름답지 않아서 밖으로 나갈 수 없다고 말하도록 시켰지만, 지저분한 화장대는 그러한 마음의 포기라고도 해석된다. 먼지의 분신이 지저분한 상태의 화장품 뒤에 누워 있었다는 것은 미에 대한 강박관념이 없는 것이 아니라, 그저 방치되었다는 것을 보여준다. 화장대 위를 정리하고 먼지의 분신을 쓰레기통 속으로 던져 넣음으로써 여성으로서 화장하는 일에 대한 의식화가 이루어지게 되는 것이다.

여자는 그릇을 가지고 부엌으로 이동한다. 그녀가 가로질러 가는 현관에는 잎이 시든 식물이 놓여 있고, 신발은 흐트러져 있다. 싱크대 앞의 선반에는 칫솔 두개가 꽂혀 있는 컵이 있다. 선반 한 켠에는 사용하지 않은 컵이 놓여 있다. 싱크대 속에 놓여 있던 컵들을 씻어서 선반에 놓는다. 하는 김에 사용하지 않은 채 놓여 있던 컵을 씻으려고 컵 속을 보니, 거기에 먼지의 분신이 앉아 있다. 여자는 컵을 씻어 버린다. 〈나의 작은 인형 상자〉에서는 엄마의 분신이 부엌을 깨끗하게 유지하고 있었다. 그에 비해 〈먼지아이〉에서는 설거지거리가 쌓여 있었다. 사용하지 않은 컵 안에 먼지의 분신이 있었던 것으로 보아, 부엌이 별로 사용되지 않았고, 또한 청결하게 유지되고 있지 않았음을 암시한다.

그 후에도 바닥을 닦으면서 식탁 밑으로 들어간다. 그러면 거기에 전선에 앉아서 사색에 잠겨 있는 먼지의 분신이 있다. 도망가려고 전선을 타고 가는 분신을 걸레로 붙잡는다. 여자는 걸레를 들고 욕실로 가서 걸레를 빤다. 그리고 입고 있던 옷들을 전부 세탁기에 넣고, 알몸으로 샤워를 한다. 더운 물이 흘러가는 배수구에는 빠진 머리카락이 쌓여 있다. 그것을 집어 들어서 보자, 머리카락을 헤치며 먼지의 분신이 얼굴을 내밀더니, 다시 머리카락으로 얼굴을 가려 버린다. 여자는 이 먼지를 변기에 흘려 보낸다. 옷을 갈아입은 여자는 쓰레기를 모아서 쓰레기 봉투에 넣고 집 밖으로 나간다. 방으로 돌아와서 방을 바라보니, 질서정연하게 정리되어 있다.

〈나의 작은 인형 상자〉에서 아빠의 분신은 집안까지 침입해 온 외부의 공포 이미지에 압도되어 몸을 웅크리고 있었다. 그러한 외부로부터의 침입이미지는 〈먼지아이〉의 질서정연하게 정리된 방에서는 전혀 느낄 수 없다. 먼지의 분신은 모두 깨끗하게 처리된 것이다. 이렇게 해서 정리가 다 되었다고 말하듯이 불이 꺼진다.

여기서 비로소 지금까지 불이 켜진 채로 있었음을 깨닫게 된다. 여자는 사실 불이 켜진 상태의 방에서 잠이 깨었다. 즉, 일을 하다 말고 도중에 그대로 잠이 들어버린 것이다. 그 사실을 기억나게 한 것이 바로 차례차례로 발견된 먼지의 분신이기도 했다.

그러한 먼지의 분신을 모두 정리함으로써, 방 정리가 되는 동시에 마음의 정리도 된다. 부재하는 것들과의 청산이며, 아름다워져야 한다는 강박관념이나 집안일과 같은 엄마 역할의 강요 같은 것들이 제대로 정리되고 나서야 불이 꺼진 것이었다. 그러나 정리가 된 방은 여자의 방으로서는 스산한 풍경이다. 벽을 꾸미기 위한 포스터도 TV도 없다. 간소하다. 생활의 냄새가 없다. 정말 여기에서 시간을 보내지 않고, 그저 자기 위해 들어오는 모양이다. 그러면서 침대 옆에 컵 두 개, 침대 밑에는 성냥갑과 다 쓴 성냥개피, 칫솔 두 개와 같이 암시적인 것들이 있다. 이러한 것까지 모두 정리된 단계에서 방의 불이 꺼진 것이며, 전체적으로 마음의 정리가 되었다고 하겠다.

여자는 식탁 위의 불만 켜고 이른 아침식사 준비를 시작한다. 가스레인지에 주전자를 올리고 불을 켠다. 테이블 위에는 냉장고에서 반찬 통에 담긴 그대로 반찬을 꺼내 늘어놓는다. 테이블 위의 테이프 레코더의 전원을 켜고, 다이얼을 조정하면 음악이 흐른다. 반찬 통의 뚜껑을 벗긴다. 여자는 눈을 감고 음악에 귀를 기울인다. 어쩌면 졸기 시작했는지도 모른다. 문득 깨닫고 보니 가스레인지에서 물이 끓어 넘치고 있다. 놀라서 일어서다가 전등갓에 머리를 부딪힌다. 그래서 전등 갓이 크게 흔들리고 있다. 가스레인지에서 돌아와 테이블 위를 보니, 공기에 담긴 밥 위에 전등 갓에서 떨어진 먼지의 분신이 앉아서 밥알을 먹고 있다. 모두 정리한 줄 알았던 먼지의 분신이었다. 여자는 그 분신을 숟가락으로 떠내려고 하다가 그만두고 다른 하나의 공기에 밥을 담아 자기는 그것을 먹기 시작한다.

　　방을 깨끗이 한 후에 여자는 식사를 준비를 하고, 음악에 귀를 기울인다. 그러나 물이 끓어 넘치는 것에 동요하여 먼지의 분신을 보게 되고 말았다. 마음이 동요하면 그 마음을 상징하기라도 하듯

먼지의 분신이 나타났다. 그러나 여기서는 그 전까지 먼지의 분신을 처리했던 것과 달리, 먼지의 분신을 그대로 내버려 둔다. 이러한 행동의 차이는 무엇에 기인하는 것일까.

　　그때까지의 먼지의 분신은 여자로부터 고개를 돌리거나 여자를 피하려고 했다. 각각의 행동이 암시하듯이 여자에게 분신은 받아들이기 어려운 존재로 나타나고 있다. 거부하고 싶은 자신의 일면만 눈에 보이고 있었다. 이와 달리, 밥 위의 먼지의 분신은 조금도 동요하지 않고 밥을 계속 먹었다. 그 행동에는 여자를 피하려고 하는 것이 아니라 사는 것(먹는 것)에 대한 적극성이 있다. 여자는 이 먼지의 분신을 받아들인다. 요컨대, 자기자신 안에서 진취적인 일면을 이끌어냈다. 자기수용이 된 것이다.

　　이렇게 살펴보다 보니 〈나의 작은 인형 상자〉에서 〈먼지아이〉에 걸쳐서 그려진 내용에는 큰 진전이 확인된다. 전자에서는 집을 나오는 것을 방해하려는 마음의 표현으로서 분신이 나타나 밖으로 나가려고 소망하는 여자아이의 마음을 말리려고 했다. 이러한 마음을 있는 그대로 응시함으로써, 밖으로 나가는 것에 대한 심리적 준비가 가능했다. 이것을 인형이라는 분신이 연기하고 있었다. 이에 비해 〈먼지아이〉는 독립 생활을 하고 있는 밤, 깨고 나서 먼지와 같은 분신을 보았다. 새벽에 가까운 밤에 잠이 깨었다는 것은 마음의 심층에 더욱 접근하기 쉬운 상태이다. 그렇기 때문에 마음의 심층에 있는 자아가 받아들이기 힘든 부분이 홀연히 나타나 그 청산을 요구해 왔다. 분신의 행동은 여자의 심리적 한 부분

의 직면화로 이어지고, 여자는 그것을 정리함으로써 마음이 정리되어 간다. 이러한 마음의 정리 방식은 보편적인 것이다. 보편적이라는 것을 더욱 강하게 암시하는 것은 위와 같이 방을 전혀 꾸미지 않아, 장식품의 취향이 말해주는 개성을 느끼지 못하도록, 거의 완전히 배제하고 있는 것에도 기인한다. 그리고 여자가 마음속에 사랑스러운 일면을 이끌어낸(식사를 함께 할 수 있는 먼지 분신을 얻은 것) 것은 삶의 활력으로 이어진다.

이렇게 해서 자아를 수용할 수 있었던 여자의 다음 단계는 이성과의 관계구축일 것이다. 그리고 그러한 이성과의 관계를 그린 것이 〈연애놀이〉이다.

연애놀이

〈연애놀이〉의 도입부는 한 쌍의 커플이 다가 와서 여자가 돌을 가지고 땅에 네모를 그리는 것부터 시작된다. 두 사람은 이 네모 속에 구두를 벗고 들어간다. 방 안에 신을 벗고 들어가는 것과 같은 것이다. 두 사람은 같이 앉고, 여자가 핸드백 속에서 컵과 주전자를 꺼낸다. 그리고 흙을 파서 주전자에 넣고 컵에 따라 그것을 남자에게 건넨다. 남자는 마시는 시늉을 하다가, 컵 안의 흙을 바지에 흘려버린다. 남자는 종이접기를 시작하고, 종이접기로 꽃을 만든다. 여자는 그것을 귀에 꽂고 남자에게 보여 주려고 눈을 맞추려 하지만, 남자는 종이접기에 열중해서 여자를 보지 않는다. 여자를 보지 않은 채 남자가 민드는 종이 꽃이 늘어간다.

너무나 많아지자 여자는 남자의 손을 저지한다. 남자가 보니 여자의 머리는 온통 종이 꽃이다. 이렇듯 남자는 여자와의 사이의 게임을 제대로 진행하지 못하고 다시 자기의 세계에 몰입하여 여자를 무시하고 만다.

그 후에도 목덜미를 손가락으로 건드려 그 손가락을 맞추는 게임, 위에 매단 비스킷을 함께 묶은 방울을 의지해서 눈을 가린 상태로 먹는 게임, 눈을 가린 남자를 휘파람으로 유도해서 자신을 잡게 하는 게임 등을 한다. 그러나 모든 게임에서, 여자는 남자한테 키스를 받고 싶어하거나 잡아줬으면 하지만 그 마음이 잘 전달되지 않는다. 손목 잡고 당기기에서는 남자가 진지하게 몰입한 여자의 손을 갑자기 놓아버리자 여자가 쓰러져서 게임이 망쳐진다. 병원놀이에서는 남자가 여자의 몸에 청진기를 대는데, 여자는 눈물이 흘러내린다. 남자는 손수건으로 그것을 닦는다. 얼굴에 붕대가 감기자 여자는 울음을 터뜨린다. 남자가 손수건으로 닦으려고 하지만 여자는 거부한다. 시체놀이에서는 남자가 죽은 척을 한다. 여자가 몸을 들어올리려고 하지만, 남자는 끝까지 몸의 힘을 뺀 채로 있다. 여자는 남자를 어깨에 짊어지고 일으켜 세우려고 하지만 그마저 되지 않자 눈물이 터져 나온다. 여자는 남자를 남겨두고 신을 신고 혼자 떠나버리려고 하다가 남자의 구두를 한참 바라본다. 그리고는 남자의 구두를 그의 옆에 가져 간다. 이제서야 남자도 일어나, 신을 신는다. 남자는 손 안에 종이 꽃을 들고 있고, 그것을 여자의 머리카락에 꽂아준다. 남자가 손을 내밀자 여자는 그 위에 손을 올리고, 두 사람은 손을 잡고 사라져 간다.

이상에서 살펴 본 것처럼 〈연애놀이〉에서는 남녀가 방을 모방한 공간 속에서 게임을 통해 남녀의 관계를 상징적으로 나타낸다. 그 모든 게임이 미묘하게 맞아떨어지지 않는다. 그러한 불일치는 일상적인 남녀 관계 속에서 누구나가 체험하는 보편적인 것이다. 남자의 무신경함에 눈물을 흘리고, 남자의 몰이해 때문에 이대로 두고 가 버릴까 생각하지만, 그래도 앞으로 함께 나아가자는 듯이 그에게 구두를 내미는 것은 여자였다.

앞으로 나아가자는 여자의 행동이 시체놀이 이후에 나타나는 것은 상징적이다. 앞으로 나아가기 위해서는 그때까지의 관계가 일단 죽어야만 한다고 말하는 것 같다. 〈나의 작은 인형 상자〉에서는 여자가 뒤돌아보면 분신이 사라지는 체험이 반복되

고 있었다. 이것도 상징적으로 보면 분신의 죽음을 체험하고 있었다고도 파악되며, 〈먼지아이〉에서 먼지의 분신을 쓰레기로 버리는 것 역시 마찬가지로 죽음을 체험한 것으로 볼 수 있다. 마찬가지로 그때까지의 관계가 한번에 청산되면서, 즉, 시체놀이에서 죽음을 체험함으로써 새로운 관계가 탄생하게 되었다. 바꾸어 말하면 죽음과 재생이 반복되고 있었던 셈이다.

다만 이번에는 시체놀이는 남자에게 일어난 일이었다. 그리고 〈먼지아이〉에서는 함께 식사를 함으로써 자아의 일면을 수용할 수 있었는데, 〈연애놀이〉에서는 남자에게 신을 가져다 주는 여자의 움직임에 의해 앞으로 나아갈 수가 있었다. 즉, 〈연애놀이〉의 행방을 좌우하는 것이 여자의 배려였다. 여기서도 여성이 살아가기 위한 주장이, 드러내놓고 주장하는 것은 아니지만 남성에 대한 분명한 자기주장이 있다.

이러한 자기주장을 가능하게 하는 것이 바로 〈먼지아이〉에서 제시된 것처럼 먼지의 분신의 수용(죽음과 재생)과 같은 자기수용이라고 생각된다. 어떤 일이 있어도 무너지지 않는 자기 자신이 미묘하게 어긋나는 남녀의 관계를 잘 지탱하게 하는 것이라 하겠다.

끝으로

〈나의 작은 인형 상자〉, 〈먼지아이〉, 〈연애놀이〉, 이렇게 세 작품을 늘어놓고 보면, 거기에는 여성의 자립을 둘러싼 발달 과정이 훌륭히 묘사되어 있음을 이해할 수 있다. 가족으로부터 독립하며 혼자 사는 생활을 시작하고 이성과의 친밀한 관계를 맺는 것은 청년기로부터 성인기에 걸친 심리학적인 발달 과정이며, 그러한 발달 과정을 상징적으로, 그렇기 때문에 보편적인 것으로 그려낸 것이 정유미의 작품이다. 이러한 작품을 충분히 맛봄으로써 자기도 모르는 사이에 마음의 정리가 되고 삶에 대한 적극적인 자세가 솟아나게 된다. 어려움에 직면한 사람에게는 마음을 정리하는 실마리를 발견하게 하고, 그러한 시절을 지나온 사람에게도 과거를 뒤돌아보고 그 의미를 재발견하게 하는 좋은 계기를 마련해 준다. 앞으로의 작업이 더욱 발전하기를 기대해 본다. (번역 : 손정임)

〈연애놀이〉

한태식 (영화평론가, 괴수연구가, 프로듀서)

인생은 가까이서 볼 땐 비극이지만, 멀리서 보면 희극이다.
Life is a tragedy when seen in close-up, but a comedy in long-shot.
- 찰리 채플린

인생은 희극과 비극이 언제나 교체한다는 저 말. 맞다. 비극으로만 점철될 것이라 믿었던 군대생활도 통틀어 20분 정도는 재미 있었으니까. 아니면 굳이 경험하지 않더라도 공중화장실 변기 위에 삶의 격언처럼 덕지덕지 붙어 있고, 비슷한 맥락으로 우리 동네 백수형도 가끔 나에게 말하곤 할 정도로 저 말은, 그냥-누구나-대충-던질 수-있는 말이다. 그런데도 저 말이 (적어도 나에게는) 빛나는 것은 채플린이 저 말 속에서 영화적인 표현을 사용했다는 점이다. 클로즈업과 롱샷. 클로즈업에서는 비극이며, 롱샷에서는 코미디라는 말. 가만히 채플린의 영화를 떠올려 보면 그의 말이 어느 정도 수긍이 간다. 그는 모든 롱샷에서 코미디를 만들어내었고, 그의 모든 클로즈업에는 아려오는 슬픔과 애잔함이 가득하였다.

보통 하나의 프레임이 인물을 잡아낼 때 사용되는 용어인 롱샷과 클로즈업은 일반적으로 카메라와 인물 간의 거리, 또는 대상과 관객의 사회적 거리를 표현하는 가장 근본적인 장치이다. 말하자면, 카메라에 비친 대상에게 일정한 심리적 거리를 두고 보는 것을 롱샷의 거리(distance)이고, 대상과 상당히 개인적으로 친숙한 거리에 두고 보는 것을 클로즈업이라 할 수 있다. 일반적으로 롱샷에서는 대상이 되는 인물에게 일정한 거리감을 두면서 개인적 친밀감 보다는 낯선 이로 남게 한다면, 클로즈업에서는 인물과 카메라가 가까워지면서 친밀감을 중시하고, 감정의 거리를 줄여서 심리적 동질성을 가지게 한다. 채플린이 응징하는 롱샷에서 관객은 일정한 거리를 두고 멀찍감치 앉아서 (상대적으로 타자화 되어 있는 상태에서) 넘어지고, 떨어지고, 실수하는 우스꽝스러운 상황을 웃음으로 받아들인다. 즉 카메라와 대상의 거리(롱샷), 이로 인한 사회적 거리는 그것을 구경거리 정도로만 국한시키고 말 뿐이다. 하지만 인간의 얼굴이나 대상을 클로즈업으로 촬영하게 되면 관객은 더 이상 구경꾼이 되지 못한다. 대상에 가까워지면 우리는 거리감을 지우고, 개인적인 거리 상태에 돌입하기 때문이다. 원근법적 거리를 사라지게 하고, 대상을 촉지적으로 만지게 되는 상황. 정신 없이 흔들리는 정동의 상태. 채플린의 클로즈업은 특히 더 그러했다.

정유미 감독의 〈연애놀이〉를 처음 접했을 때의 감정도 그랬다. 클로즈업으로 시작되어서는 요상한 80년대 복장을 한 두 명의 연인의 롱샷으로 이어지는 첫 오프닝부터 말이다. 이러한 쇼트 구성은 이후 계속 이어지는데, 놀랍게도 이 작품은 딱 그 두 개의 쇼트, 롱샷과 클로즈업으로만 구성되어 있다.

롱샷(long-shot), 놀이의 프레임

보통 인물의 롱샷의 경우는 설정 쇼트로 알려져 있다. 사건이 일어나고 있는 공간의 설명, 실사영화에서는 마스터 쇼트라고 불리는, 〈연애놀이〉의 경우에도 롱샷은 작품의 제목처럼 놀이를 위한 공간설정이다. 바닥에 네모난 금을 긋고, 나란히 신발을 벗고 네모난 공간으로 들어간 두 명의 남녀. 이 작품 전체를 통틀어

변화하지 않는 롱샷의 구도이다. 아예 작품 속에서 모든 롱샷의 레이아웃은 이 장면을 바탕으로 고정되어 있다. 다른 별도의 배경이 없이, 바닥에 별도로 그려진 프레임은 '연애놀이'가 일어나는 공간이자, 그들이 벗어나지 않는 공간이다. 놀이라는 속성상 그들은 그 프레임 안에서 다양한 역할극을 하거나, 그곳에서 지켜야 하는 룰을 가지고 있을 것이다. 그 속에서는 그들은 소년, 소녀가 되거나, 젊은 연인이 되거나, 늙은 부부가 되어야 하는 운명이다. 따라서 그들의 놀이에는 금 그어진 공간, 그려진 네모의 공간 외부로는 나갈 수 없다. 모든 놀이가 그렇듯이 구별된 공간은 살아온 기억이 되거나, 현재의 갈등이거나, 미래의 다짐이 될 수 있기 때문이다.

이러한 공간의 설정은 그려진 금(밟으면 죽는 그 '금')과 신발(구두)에 의해서 더욱 강화된다. 금의 외부가 일상과 외부의 삶이라면, 금의 내부는 연애와 삶의 공간인 셈일 텐데, 이를 끝없이 재생산하거나 재고하게 하는 것이 금의 외부에 놓인 신발이다. 신발은 외부의 삶에서 새로운 공간으로 들어옴을 상징하는 역할을 하면서도, 언제든 다시 돌아갈 수 있는 상징이기도 하다. 세상의 모든 연애가 이처럼 위태하지 않았던가? (금을 밟으면 죽는, 경계를 넘나들기 힘든. 실제로 작품에서 여성 캐릭터가 넘어지면서 우연히 금을 밟는 장면이 나오는데, 인과관계가 있는지는 알 수 없지만, 바로 다음 에피소드에서 그녀는 아픈 설정으로 된다.)

하지만 처음 이 작품을 대할 때의 롱샷들은 그 위태함을 바라보는 두려움보다는 묘한 웃음을 번지게 한다. 그것은 롱샷으로 보이는 인물들의 움직임과 상황 때문인데, 〈연애놀이〉에서 롱샷으로 잡힌 인물들은 컷아웃 애니메이션의 그것처럼 묘한 타이밍과 특유의 단축법으로 그려진 신체의 표현으로 구성되어있기 때문이다. 물론 거기에는 롱샷에서 클로즈업으로 넘어가는 몇몇 재치 넘치는 샷 구성도 있다. 하지만 대부분의 롱샷 장면에서 보이는 장면들은 공간 설정에 대한 정보로 구성되어 인물들과 카메라, 즉 대상과 관객과의 거리는 멀다. 그 때문에 연애놀이를 바라보는 관객들은 그들이 하는 놀이(오래되고, 가물가물한, 무덤덤한)가 롱샷으로 펼쳐질 때 재미있는 구경이 된다. 그러나 그 때문에 이 작품이 단순한 희극이 되는 것은 아니다. 이 작품은 그럼에도 불구하고 가슴 아픈 아련함이 있다.

클로즈업(close-up), 대상을 향한 무한한 촉감

〈연애놀이〉에서의 클로즈업은 주로 놀이에 사용되는 사물, 손, 그리고 얼굴로 구성되어 있다. 여기서 사물은 놀이를 위한 주요한 소도구이며, 손은 놀이를 이어주고, 인물들을 이어주는 도구가 된다. 〈연애놀이〉의 롱샷이 상당히 단순화된 드로잉과 레이아웃으로 구성된 것에 비해, 클로즈업으로 보이는 각각의 대상, 특히 놀이의 사물들은 그것들과는 대조적으로 디테일 한 표현을 두고 있다. 이는 감독이 가지는 사물에 대한 애정과도 같은데, 이로 인해 각각의 에피소드에서 사물들은 더욱 깊은 주의와 의미를 품게 되고, 놀이는 단순한 놀이가 아닌 특별한 은유의 모습을 띠게 된다. 말하자면, 에피소드에서 등장하는 돌, 찻잔, 모래, 과자, 방울, 핸드백, 청진기, 주사기 등등은 실제 삶의 과정에서 나타나는 갈등이나 희망, 기억, 시간 등으로 환유된다는 것을 의미한다. 이 작품이 적절한 유머를 가지고 있으면서도 여러 복잡한 감정을 떠오르게 하는 것은 바로 이 지점 때문이다.

이를 더욱 강화시켜주는 또 다른 중요한 지점은 바로 얼굴의 클로즈업이다. 보통 상당히 단순화되어 있는 데생에서 인물의 모습을 클로즈업으로 제시하기는 쉽지 않은데, 그것은 단순화된 이미지 때문에 클로즈업 내부에 등장하는 정보의 양이 너무나 적어서 수용자들이 쉽게 따분해지기 때문이다. 하지만 〈연애놀이〉에서의 얼굴 클로즈업은 전혀 다른 양상이 된다. 그들의 얼굴은 윤곽선으로 그려진 선들의 끝없는 떨림으로 이야기를 전달하고, 감정을 전달한다. 이때 떨림의 선은 이미 앞서 제시된 애정어린 사물들과 인물들 간의 손의 연결, 그리고 클로즈된 얼굴의 이미지로 이어지면서 이것이 그려진 애니메이션이라는 존재적 층위를 알림과 동시에 인물의 얼굴을 복잡한 감정이 휘몰아치는 공간으로 만드는 역할을 한다. 얼굴의 작은 떨림은 그야말로 인간의 내면을 들여다보게 하는 선, 그 자체의 존재의 함성인 셈이다. 그리고 우리는 마치 그 선을 만지듯이 바라볼 수 있다.

놀이에서 삶으로

이 작품이 농익은 삶의 이야기를 들려주는 것은 바로 여기에 있다. 감독은 각각의 에피소드들의 순서를 구성함에 있어서 상당히 많은 고민을 한 흔적을 찾을 수가 있는데, 각각의 에피소드는 놀이의 순서이면서, 삶의 순서이고, 미묘한 감정의 고리가 연결

되는 과정이 되어야 했기 때문이다. 먼 곳(long-shot)에서 살펴야 했던 누군가의 놀이가 그들의 내부(close-up)를 드러내면서 (복잡하게 떨리는 사물을 대면하게 함으로) 우리는 비로소 이것이 삶에 닿아 있는 것임을 느끼게 된다. 어쩌면 이 이야기는 80년대 복장을 한 부모세대의 기억을 인터뷰하는 것일 수도 있고, 현재 우리가 느끼는 삶의 재연(reenactment)일 수도 있으며, 누군가가 겪게 될 누군가의 재현(representation)일 수도 있다.

개인적으로 이 작품의 백미라 느끼는 것은 마지막 두 개의 에피소드인 병원놀이와 시체놀이인데, 이 두 에피소드는 앞선 이야기들이 들려주는 단순한 놀이를 삶의 영역으로 옮기는 역할을 하기 때문이다. 메마른 감정의 얼굴이 슬픔과 비극의 클로즈업으로 변환되고, 놀이의 구경꾼이 어느새 그들의 감정 한가운데로 들어오게 만들어 버린다. 놀이에 불현듯 끼어든 느닷없는 비극. 눈물을 왈칵 쏟아내는 여성 캐릭터의 모습에서는 그야말로 숭고함마저 느껴진다. (짧은 지면상 더 많은 이야기를 할 순 없지만, 그 장면의 배경과 이야기의 내부를 향한 궁금증은 정말 감독에게 묻고 싶을 정도다.)

짧은 15분짜리 단편 영화지만, 그만큼 여기에는 수많은 이들의 이야기가 있다. 작가는 분명 누군가의 사랑을 사랑하고, 기억을 가다듬고 손질하는 유려한 양식을 가지고 있으며, 따뜻한 유머(humor)와 애정을 가지고 있는 그야말로 애절하고, 사랑스러운 휴머니스트임에 분명하다. 채플린이 그러한 것처럼 말이다.

연애놀이

초판 1쇄 발행 2017년 1월 1일
초판 2쇄 발행 2017년 3월 30일

글·그림 | 정유미 www.joungyumi.com
아트디렉팅·디자인 | 로그 www.studio-log.com
프로듀싱 | 김기현
편집 | 한나우
번역 | 벤 잭슨
마케팅 | 배운기

UMI × CULTURE PLATFORM
서울시 마포구 월드컵북로2길 65, 5층 LS30 (우 121-816)
Tel. 1577-7180 | Fax. 02-6455-1219 | 카카오톡 ID. 컬쳐플랫폼
cultureplatform@gmail.com | www.cultureplatform.com

2017 © 정유미
이 책에 실린 모든 글과 그림은 저작권법에 의해 보호받는 저작물이므로
무단 전재와 복제를 금합니다. 이 책 내용의 전부 또는 일부를 이용하려면
반드시 저작권자의 동의를 받아야 합니다.

ISBN 979-11-87830-00-9 03800